Ellienin ~~Moj~~ tajni dnevnik

Ellie's ~~My~~ Secret Diary

Henriette Barkow & Sarah Garson

Croatian translation by Dubravka Janekovic

Subota jutro 7.30

Dragi dnevniče,

Noćas sam loše sanjala. Bježala sam … i bježala.
Natjeravao me je ogroman tigar. Trčala sam sve brže
i brže, ali mu nisam mogla umaći. Bio mi je sve bliže
i bliže i onda … sam se probudila.

Čvrsto sam prigrlila Flo. Osjećala sam se sigurnom uz
nju - ona je znala što se zbiva. Mogla sam joj se povjeriti.

I dalje me muče ružni snovi.
To mi se ranije nije dogadjalo.

Imala sam gomile prijatelja - poput Sare i Jenny.
Sara me je pozvala u šetnju dućanima, ali …

Škola je postala pravi PAKAO otkako je ONA došla.
Mrzim   je mrzim   MRZIM JE!

Dear Diary

Had a bad dream last night.
I was running ... and running.

There was this huge
tiger chasing me.

I was running faster and faster but

I couldn't get away.

It was getting closer and then ...

I woke up.

I held Flo in my arms. She makes me feel safe
- she knows what's going on. I can tell her.

Keep having bad dreams.
Didn't used to be like that.

I used to have loads of friends – like Sara and Jenny.
Sara asked me to go to the shops but ...

School's been HELL
since SHE came.

I hate hate
HATE her!!!

Sunday evening 20.15

Dear Diary

Went to Grandad's.
Lucy came and we climbed the big tree.
We played pirates.
School 2morrow.
Don't think I can face it.
Go to school and
see HER!

SHE'll be waiting. I KNOW she will.

Even when she isn't there I'm scared
she'll come round a corner.
Or hide in the toilets like a bad smell.
Teachers never check what's going
on in there!

If __ONLY__ I didn't have to go.
Flo thinks I'll be ok.

Nedjelja večer 20.15

Dragi dnevniče,

Bila kod djeda.
Došla je i Lucy pa smo se popele na veliko drvo.
Igrale smo se gusara. Sutra ponovno škola.
Nisam sigurna imam li snage. Moram ići u
školu i vidjeti NJU.

ONA će me čekati. ZNAM da hoće.

Čak i kada je nema ja se bojim da će se, iznenada,
pojaviti iza ugla. Ili se skrivati u WC - u poput smrada.
Učitelji nikada ne provjeravaju što
se tamo dogadja.

Kad BAREM ne bih morala ići.
    Flo misli da ću biti OK.

Ponedjeljak jutro 7.05

Ponovno sam sanjala isti san.
Ali ovoga puta me je ONA natjeravala. Pokušavala
sam joj pobjeći, ali ona je bila sve bliže i bliže i kada
je rukom zgrabila moje rame… probudila sam se.

Iako mi je bilo muka natjerala sam samu sebe pojesti
cijeli doručak kako mama ne bi ništa posumnjala.
Ne mogu reći mami - to bi sve samo pogoršalo.
Ne mogu nikome reći. Pomislili bi da sam
mekušac, a ja to nisam.

U pitanju je samo ta cura
i ono što mi ONA čini.

I had that dream again.
Only this time it was HER who was chasing
me. I was trying to run away but she kept
getting closer and her hand was just on my
shoulder ... then I woke up.

I feel sick but I made myself eat
breakfast, so mum won't
think anything's up.
Can't tell mum – it'll just
make it worse.
Can't tell anyone.
They'll think I'm soft
and I'm not.
It's just <u>that girl</u>
and what SHE does to me.

Monday evening 20.30

Dear D

SHE was there. Waiting.
Just round the corner from school where nobody could
see her. SHE grabbed my arm and twisted it behind
my back.
Said if I gave her money she wouldn't hit me.
I gave her what I had. I didn't want to be hit.
"I'll get you tomorrow!" SHE said and pushed me over
before she walked off.
It hurt like hell. She ripped my favourite trousers!

Told mum I fell over. She sewed them up.
I feel like telling Sara or Jenny but they
won't understand!!

Glad I've got you and
Flo to talk to.

Ponedjeljak večer 20.30

Dragi D

BILA je tamo. Čekala me je. Odmah iza ugla pored
same škole na mjestu gdje je nitko nije mogao vidjeti.
ZGRABILA mi je ruku i zavrnula je iza leđa.
Rekla da me neće lupiti ako joj dam nešto novaca.
Nisam htjela da me lupi.
"Šćepat ću te sutra!" REČE i
odgurnu me snažno, a onda me
ostavi. Boli k'o vrag. Poderala
sam najdraže hlače.

Rekla mami da sam pala.
Ona ih je zašila. Rado bih
rekla Sari ili Jenny, ali
one neće razumjeti.

Sretna sam što imam
tebe i Flo pa s vama
mogu razgovarati.

Prošle noći nisam mogla spavati.
Samo sam ležala. Suviše sam bila preplašena,
a da bi se prepustila snu. Bojala sam se,
ako utonem u san, bit će to onaj isti.
ONA će me čekati.

Zašto ona ima pik baš na MENE?
Ništa joj nisam učinila. Čini se da sam
ipak zaspala, jer sljedeća stvar koje se
sjećam bila je mama, koja me je budila.

Nisam mogla pojesti doručak.
Dala ga Samu kako mama
ne bi ništa primijetila.

12

Couldn't sleep last night.
Just lay there. Too scared to go to sleep.
Too scared I'd have that dream again.
SHE'll be waiting for me. Why does she always
pick on ME? I haven't done anything to her.
Must have dropped off, cos next thing
mum was waking me.

9

3

6

Couldn't eat breakfast.
Gave it to Sam so mum wouldn't notice.

Utorak večer 20.00

PRATILA me je poslije
škole onako velika i jaka.
POVUKLA ME za kosu.
Rado bih zavrištala, ali joj
nisam htjela priuštiti
to zadovoljstvo.

"Imaš li moj novac?" PLJUNULA je na mene.
Zatresla sam glavom. "Uzet ću ovo," zalajala je na
mene, otela mi vrećicu s dresom za tjelesnni odgoj,
"Zadržat ću ovo sve dok mi ga ne doneseš."

Dala bih sve da joj ga mogu dati! Najradije bih joj
razbila njušku! Razbila njezinu debelu njušku!
Ali što mogu učiniti? Ne mogu je lupiti,
jer je veća od mene.

Ne mogu tražiti tatu ili mamu novce,
jer će me pitati za što mi trebaju.

Tuesday evening 20.00

SHE followed me out of school – all big and ~~tuff~~ tough.
SHE pulled my hair. Wanted to scream but I didn't want
to give her the satisfaction.
"You got my money?" SHE spat at me.
Shook my head. "I'll have this," SHE snarled, snatching
my PE bag, "til you give it to me."
I'd love to give it to her! Feel like punching her fat face!
What can I do? I can't hit her cos she's bigger than me.

I can't ask mum
or dad for the money
cos they'll want to
know what it's for.

Dnevniče učinila sam nešto ružno.

Stvarno ružno!

Ako me mama otkrije ne znam što će poduzeti.
Ali jedno je sigurno u strašnoj sam nevolji.

Sinoć sam ugledala mamin novčanik na stolu.
Kako sam bila sama, uzela sam £5.

Vratit ću ih čim budem mogla.
Čuvat ću novce od džeparca.
Pokušat ću zaraditi nešto novaca.

Nadam se da mami neće nedostajati.

Pobjesnit će!

Diary, I've done something bad.

Really bad!

If mum finds out I don't know what she'll do.
But I'll be in big trouble - for sure.

Last night I saw mum's purse on the table.
I was on my own and so I took £5.

I'll put it back as soon as I can.
I'll save my pocket money.
I'll try and earn some money.

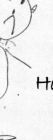

Hope mum doesn't miss it.

She'll go mad!

Ovo je najgori dan
u mom životu!!

Prvo - izgrdili su me jer nisam imala
dres za tjelesni odgoj.
Drugo - nisam napisala domaću zadaću.
Treće - ONA je stajala uz ogradu i -
ČEKALA.
Zavrnula mi je ruku i oduzela novac.
Bacila mi torbu u blato.
Četvrto - ONA hoće još.

Ne mogu pribaviti još …
Već sam ionako ukrala mami.
Ne znam što ću.

Najradije bih
da se nikada
nisam rodila!!

Wednesday evening 19.47

Ne mogu vjerovati!
Mama je sve otkrila.

Htjela je doznati da li je netko vidio njezinu novčanicu od £5. Svi smo rekli ne. Što sam drugo mogla reći?

Osjećam se loše, doista loše. Mrzim lagati.
Mama kaže da će me ona odvesti do škole.
Barem sam sigurna sve do povratka kući.

I can't believe it.
Mum's found out!!

She wanted to know if anybody
had seen her £5 note.
We all said no.
What else could I say?

I feel bad, really bad. I hate lying.
Mum said she's taking me to school.
At least I'll be safe til home time.

On the way to school mum asked me if I took the
money.
She looked so sad.
I had thought of lying but seeing her face
I just couldn't.
I said yes and like a stupid idiot burst into tears.

Mum asked why?
And I told her about the girl and what she'd been
doing to me. I told her how scared I was.
I couldn't stop crying.
Mum held me and hugged me.

When I'd calmed down, she asked,
if there was anyone at school
I could talk to?
I shook my head.
She asked if I would
like her to talk to
my teacher.

Četvrtak večer 18.30

Na putu do škole mama me je pitala da li sam ja
uzela novac. Bila je tako tužna.
Razmišljala sam o tome da slažem, ali kada sam
vidjela njezino lice jednostavno nisam mogla.
Rekla sam da i rasplakala se poput najvećeg idiota.

Mama je pitala zašto i onda sam joj ispričala sve
o onoj curi i svemu što mi ona čini.
Rekla sam joj koliko sam strašno uplašena.
Nisam mogla prestati plakati.
Mama me čvrsto držala i grlila.

Kada sam se smirila pitala me da li postoji
bilo tko u školi kome to mogu ispričati.
Zatresla sam glavom.
Pitala me je želim li da ona
porazgovara s mojim učiteljem.

Friday morning 6.35

Dearest Diary

Still woke up real early but

I DIDN'T HAVE THAT DREAM!!

I feel a bit strange. Know she won't be in school - they suspended her for a week. What if she's outside?

My teacher said she did it to others - to Jess and Paul.

I thought she'd only picked on me.
But what happens if she's there?

Petak jutro 6.35

Najdraži Dnevniče

Ponovno sam se rano probudila,

ALI NISAM SANJALA ONAJ SAN!!

Osjećam se nekako čudno. Znam da je neće
biti u školi, jer su joj zabranili pohađanje
nastave cijeli tjedan. Što ako me čeka vani?

Učitelj mi je rekao da je to radila
i drugima Jess i Paulu.

Ja sam mislila da ima pik samo na mene.
Ali što će se dogoditi ako je ovdje?

Petak večer 20.45

Stvarno je nije bilo!!!
Razgovarala sam s doista dragom gospođom, koja mi
je rekla da s njom mogu razgovarati bilo kada.
Rekla mi je, također, kako je, ako me netko zlostavlja,
najbolje pokušati to nekome ispričati.
Rekla sam Sari i Jenny. Sara mi je rekla da se to i njoj
dogodilo u njezinoj bivšoj školi. Nije bilo povezano s
novcem, već je neki dječak imao pik na nju.

Odsad ćemo u školi paziti jedni na druge kako više
nitko nikoga ne bi mogao zlostavljati. Možda će
sve biti u redu. Kada sam došla kući mama mi je
napravila moju najdražu večeru.

She really wasn't there!!!
I had a talk with a nice lady who said I could talk to her at any time. She said that if anyone is bullying you, you should try and tell somebody.
I told Sara and Jenny. Sara said it had happened to her at her last school. Not the money bit but this boy kept picking on her.

We're all going to look after each other at school so that nobody else will get bullied. Maybe it'll be ok.
When I got home mum made my favourite dinner.

Subota jutro 8.50

Dragi Dnevniče

Nema škole!!   Nema loših snova!!

Malo sam zavirila na internet i našla puno toga o
zlostavljanju. Nisam razmišljala o tome da se to
često događa, ali to se neprekidno događa.
Čak i odraslima i ribama.

Jeste li znali da ribe mogu uginuti od stresa
dobivenog stoga što ih netko zlostavlja?

Ima puno telefonskih linija
specijaliziranih u pružanju
pomoći u takvim situacijama,
za ljude, dakako, ne za ribe!!

Da sam barem to
ranije znala.

Saturday morning 8.50

Dear Diary
          No school!!   No bad dreams!!
Had a look on the net and there was loads about
bullying. I didn't think that it happened often
but it happens all the time! Even to grown-ups
and fishes. Did you know that fishes can
die from the stress of being bullied?
There are all kinds of helplines
and stuff like that
- for people, not fishes!!

I wish I'd known!

Subota večer 21.05

Tata je odveo Sama i mene u kino.
Bio je doista smiješan film.
Toliko smo se nasmijali.

Sam je htio znati zašto mu nisam
rekla što mi se događalo.

"Ja bih joj razbio njušku!" rekao je.
"I tako bi postao zlostavljač poput nje!"
odgovorila sam mu.

Dad took me and Sam to see a film. It was really funny.
We had such a laugh.
Sam wanted to know why I never told him about what was
going on.
"I would have smashed her face!" he said.
"That would just have made you a bully too!" I told him.

What Ellie found out about bullying:

If you are bullied by anyone in any way IT IS NOT YOUR FAULT!
NOBODY DESERVES TO BE BULLIED!
NOBODY ASKS TO BE BULLIED!

There are many ways in which somebody can be bullied.
Can you name the ways in which Ellie was bullied?
Here is a list of some of the ways children are bullied:
  - being teased
  - being called names
  - getting abusive messages on your mobile phone
  - getting hate mail either on email or by letter
  - being ignored or left out
  - having rumours or lies spread about you
  - being pushed, kicked, shoved or pulled about
  - being hit or punched or hurt physically in any way
  - having your bag or other belongings taken and thrown about
  - being forced to hand over money or your belongings
  - being attacked because of your race, religion or the way you speak or dress

Ellie found that it helped to keep a diary of what was happening to her.
It's a way of keeping a record of dates and times when things occurred.
It's also a way of not bottling everything up. It is important that you try
and tell somebody what is going on.
Maybe you could try talking to a friend who you trust.
Maybe you could try talking to your mum or dad, sister or brother.
Maybe there is a teacher at school who you feel comfortable talking to.
Most schools have an anti-bullying policy and may have somebody
(like the kind lady Ellie mentions in her diary) to talk to.

Here are some of the helplines
and websites that Ellie found:

Helplines:

CHILDLINE 0800 1111

KIDSCAPE 020 7730 3300

NSPCC 0808 800 5000

Websites:

In the UK:
www.bbc.co.uk/schools/bullying
www.bullying.co.uk
www.childline.org.uk
www.dfes.gov.uk/bullying
www.kidscape.org.uk/info

In Australia & New Zealand:
www.kidshelp.com.au
www.bullyingnoway.com.au
ww.nobully.org.nz

In the USA & Canada:
www.bullying.org
www.pta.org/bullying
www.stopbullyingnow.com

If you want to read more about bullying there are many excellent books
so just check your library or any good bookshop.

Books in the *Diary Series*:
Bereavement
Bullying
Divorce
Migration

A CIP catalogue record for this book is available
from the British Library

First published 2004 by Mantra Lingua
Global House, 303 Ballards Lane
London N12 8NP
www.mantralingua.com